BOGDAN ALEXANDRU VODĂ

BOMIGETOIO
YETI DIN CARPAȚI

BOGDAN ALEXANDRU VODĂ

BOMIGETOIO
YETI DIN CARPAȚI

Editura ANAMAROL
Bucureşti, România

Director:
Rodica Elena LUPU
Tel: 0723339331
E-mail: lupurodica@yahoo.com
www.rodicaelenalupu.piczo.com

Coperta: Rodica Elena LUPU
Ilustraţii: Ștefania BANEA
 Corectura: Bogdan Alexandru VODĂ
Tehnoredactare: Rodica Elena LUPU

....
Descrierea CIP a Bibliotecii Naţionale a României

VODĂ, BOGDAN ALEXANDRU

BOMIGETOIO – YETI DIN CARPAȚI
BOGDAN ALEXANDRU VODĂ
Editura ANAMAROL / Bucureşti / 2013

ISBN: 978-606-640-051-0
....

PARTEA A II A DIN SERIA

BOMIGETOIO

O poveste inspirată din întâmplări adevărate.

Capitolul 1
Incendiul

Copiii stăteau amândoi lipiți unul de altul pe pat. Anna, pentru că era mai mare îl ținea strâns, parcă apărând-ul pe frățiorul său. Raphael se simțea protejat în brațele surorii sale și uitându-se la mine spuse:

- Unchiule, de ce spui că cel mai greu moment al tribului abia începea? Ce să fie mai rău decât grota întunecată?

- Da unchiule, intră și Ana peste cuvintele frățiorului ei. Lupta cu șobolanii, dușmanul lamandi și Orașul Pierdut au fost mult prea periculoase pentu voi. Ce poate fi și mai rău?

Mi-am aprins o țigară și m-am afundat și mai adânc în fotoliul mare și vechi în care îmi plăcea să stau și să le povestesc. Nu m-am grăbit să le răspund. Am tras încet din țigară și după ce am scos fumul din piept lăsându-l să se împrăștie prin cameră, am șoptit mai mult așa pentru mine.

- Yeti din Carpaţi! şi am clătinat uşor din cap.

Amândoi auziseră poveşti despre temutul şi înfricoşătorul Yeti, însă nu le venea să creadă urechilor, auzind de la mine acest lucru.

- Adică vrei să spui că l-ai întâlnit pe Yeti în persoană? întrebă Anna, strângându-l şi mai tare pe frăţiorul ei la piept.

- Yeti cel adevărat? întrebă în şoaptă şi Raphael.

- Da chiar pe Yeti cel adevărat. Vreţi să vă povestesc cum a fost?

- Daaaaaa vreeemmmm !!!!, răspunseră în cor amândoi cu vocile tremurânde.

- Cu siguranţă că de acum încolo nu o să mai dormiţi niciodată singuri în cameră, iar ceea ce o să vă povestesc eu acum, s-a întâmplat întocmai aşa cum o să auziţi.

-//-

Eram în timpul şcolii. Eram în Epoca de Aur a socialismului. Eram exact în momentul în care Partidul Comunist Român avea puterea deplină. Pe vremea aceea toţi copiii eram obligaţi să purtăm uniforme şcolare. Iar fiecare uniformă şcolară avea ataşat un număr matricol, adică o inscripţie din material textil, pe care erau trecute numele şcolii şi nu număr cu care oricând puteai să fi identificat dacă făceai vreo boacănă. Acel număr matricol îl puneai pe uniformele cu care mergeai la școală. Cei din clasele 1-8, eram pionieri ai patriei și purtam pantaloni sau fuste negre şi cămăși albe. La gât aveam o cravată roşie de pionier care avea pe margine brodat tricolorul şi care se lega cu un inel special făcut, inelul de pionier. Ca să poţi să devii pionier trebuia să depui un jurământ solemn care suna aşa: Eu Bogdan, intrând în rândurile Organizaţiei Pionierilor, mă angajez să-mi iubesc patria, să învăţ bine, să fiu harnic şi disciplinat, să cinstesc cravata roşie cu tricolor.

Eu unul mă duceam cu plăcere la şcoală. Îmi plăcea admosfera şi îmi plăcea să învaţ lucruri noi. Era o perioadă în care dacă nu învăţai tot ce ţi se preda, era greu să treci clasa şi mulţi erau aceia care rămâneau repetenţi. Aveau loc teste şi teze, eram scoşi la tablă şi examinaţi, însă pertotal nu era un lucru atât de greu. Dacă erai atent la ce se preda şi binenţeles să repeţi acasă, treceai clasa fără mari probleme. Eu însă eram genul de copil care nu îmi plăcea să învăt prea mult. Notele de şase şi şapte îmi erau îndeajuns ca să nu fiu certat acasă de părinţi şi ca profesorii să nu mă streseze prea mult. Uneori ştiam la lecţii mai mult decât spuneam, dar nu vroiam să ies din zona mea de elev mediu. Orele de muzică erau preferatele mele. Acolo pur şi simplu nu trebuia să faci mai nimic decât să citeşti un portativ şi să îţi plimbi mâna prin aer ca şi cum ai fi un dirijor. Să nu uitām însā nici orele de sport şi desen pe care le savuram cu plācere. Poate cā dacā eu aş fi fost ministrul învāţāmântului de pe vremea aceia, aş fi pus pentru copii desen, muzicā şi sport, zi de zi în orar. Însā nu toatā lumea gândea ca mine la vremea aceea şi acest lucru nu era posibil.

În una din zile, tocmai fusesem anunţaţi cā o sā dām un extemporar la Chimie. Eram cu toţii aşezaţi cuminţi în bānci şi speram cā dacā o sā ne gāseascā aşa ordonaţi şi liniştiţi o sā ne dea un test mai uşor. Aşteptam intrarea profesoarei noastre de Chimie, când în clasā îşi fācu apariţia profesorul de biologie.

- Bunā dimineaţa copii! se auzi vocea lui groasā în timp ce se îndrepta spre catedrā.

- Bunā ziua tovarāse profesor! am strigat noi în cor, fiecare ridicat în picioare.

Ne fācu semn cu mâna sā luām loc şi ne-am asezat cu toţii cuminţi la locurile noastre în bānci.

- Îmi pare rāu sā vā anuţ, însā ora voastrā de chimie nu o sā aibe loc. Astāzi va trebuii sā mergem sā culegem frunze de dud.

- Uraaaaaaaaa! am strigat cu toţii în cor.

Orele în care mergeam la cules de frunze de dud, erau cele mai bune existente în şcoalā. Pe lângā faptul cā stāteam în curtea şcolii sau în unul din parcurile din zonā, mai aveam şi plācerea de a ne cocoţa în copaci fārā ca cineva sā ne certe. În plus niciodată nu ne mai întorceam la orele de clasă, ci după ce terminam de cules puteam să plecăm acasă.

Frumos ordonaţi doi câte doi, am ieşit din clasă în coloană şi l-am urmat pe profesorul de biologie până în curtea şcolii. Aici, fiecare am primit câte o pungă de 1 leu şi am început să urcăm în copaci. Frunzele de dud erau folosite pentru viermii de mătase din laboratorul de biologie. Aici aceşti minunaţi viermişori erau crescuţi până ajungeau la maturitate şi apoi îşi construiau cuiburi de mătase. În acel moment erau transferaţi la o fabrică unde mătasea era extrasă şi apoi vândută. Fiecare şcoală creştea aceşti viermişori şi apoi cu banii obţinuţi din vânzarea lor se făceau tabere şcolare sau excursii de o zi pentru vizitarea unor obiective istorice din ţară.

- Dacă mă sui pe creanga pe care stă colega noastră Maria, crezi că reuşesc să o sperii şi să o fac să plangă? întreba Aurel, colegul meu de clasă şi în acelaşi timp şi vecin cu mine de bloc.

De câteva luni Aurel era şi membru activ al tribului nostru.

- Dacă ne urcăm amândoi cu siguranţă reuşim asta, am răspuns eu.

De pe crengile copacului unde ne aflam, am început uşor uşor să culegem frunze îndreptându-ne amândoi spre creanga unde se afla Maria.

Primul ajuns a fost Aurel. Maria era undeva

spre capătul crengii așezată în fund şi culegea încet şi cu grija frunză după frunză. Aurel se așeză la baza crengii şi începu şi el să culeagă. Eu am venit de undeva de deasupra lor şi am sărit direct pe creanga unde se aflau amândoi, ţinându-mă însă de creanga de deasupra. În săritură, creanga de jos pe care erau deja cei doi se auzii trosnind şi nu apucă să se rupă, pentru că Maria deja dezechilibrată căzu de pe ea.

- Auuuuuuuu! se auzii un strigăt disperat în timp ce Maria zbura prin aer.

Să tot fi fost doi metrii deasupra pământului şi Maria ajunsă jos începu să plângă, iar noi ne tăvăleam de râs în copac.

- Bogdan, Aurel! Veniţi imediat aici! se auzii vocea profesorului de biologie.

În timp ce noi ne coboram din copac, starea de voie bună se transformă în teamă şi am conştientizat că nu e a bună.

- Imediat mergeţi în cabinetul de biologie şi nu mai ieşiţi de acolo până nu vin eu la voi. Imediat ! strigă el la noi. O să am eu grijă de cojocul vostru imediat! ,spuse profesorul în timp ce se apleca deasupra Mariei, ridicând-o de jos şi scuturând-o. Te doare ceva? o întrebă el îngrijorat.

Maria dădu din cap semn că nu şi îşi şterse lacrimile cu batista.

Cu capetele plecate am luat-o spre laborator.

Când însă am ieşit de sub raza vizuală a profesorului am început din nou să râdem ca nebunii. Orice pedeapsă merita să o încasăm, că doar nu în fiecare zi vezi o fată azvârlită din copac. Am intat în laborator şi ne-am aşezat în băncile din spatele clasei aşteptând să ne primim pedeapsa. În faţa noastră pe catedră am zărit o lupă mare. Nici nu am mai stat pe gânduri şi în câteva secunde eram acolo să o iau şi să ne uităm cu ea. Pe rând am cercetat viermii de mătase, frunzele de dud, care deja erau acolo, desenele din laborator de pe pereţi, nimic nu scăpa lupei noastre.

- Ai văzut cum se aprinde o hârtie cu lupa? L-am întrebat eu pe Aurel.

- Am auzit că în America, indienii aprind focul cu bucăţi din sticlă spartă. Şi dacă freci două lemne unul de altul, poţi să aprinzi focul. Am auzit că aşa e acolo.

- Cu lupa e mult mai uşor, am spus eu. Hai să îţi arăt.

Am luat o bucată de hârtie, am împăturit-o şi am aşezat-o pe pervazul ferestrei. Am pus lupa deasupra ei şi am focalizat razele soarelui deasupra sa. În câteva minute din hârtie începu să iasă fum. Apoi deodată hârtia începu să ardă. Un chiot de bucurie se auzi. Aurel încercă să stingă micul foc cu un caiet aflat pe catedră însă aceasta se aprinse. Îl aruncă din mână, iar acesta căzu peste nişte frunze uscate aflate acolo pentru viermii de mătase. Se aprinseră şi acestea. Am încercat să stingem focul cu picioarele însă din ce în ce acesta devenea şi mai mare. Situaţia ne scăpă de sub control. În câteva minute eram în mijlocul unui incendiu de proporţii.

- Fugiiii! a fost singurul cuvânt pe care am apucat să îl spun în timp ce alergam spre uşa cabinetului. Fiecare ţineam în mână câte o cutie cu viermi de mătase din laborator. Nu îi puteam lăsa acolo în infernul creat.

Aurel mai rămase încă câteva secunde în cabinet şi apoi mă urmă şi el pe coridor. Am aruncat o ultimă privire în cabinet văzând cum flăcările prindeau din ce în ce mai multă putere. Am lăsat lăzile jos pe hol în siguranţă şi am început să strigăm.

- Foc! Arde! Foc! Arde!

Au apărut încă câţiva elevi, care văzând fumul gros cum ieşea din cabinet, au început şi ei să strige după ajutor.

A fost un adevărat calvar. Elevii şi profesorii alergau pe coridoare! Un haos de zile mari! Doi profesori au deschis hidrantul de incendiu şi au început să stropească cu apă prin cabinet. Eu cu Aurel am participat efectiv la stingere, ţinând furtunul împreună cu profesorii. Poate că dacă nu am fi pornit noi acel incendiu, nu am fi avut acel curaj. Peste puţin timp apăru în curtea şcolii şi două maşini de pompieri care în câteva clipe stinseră focul care nu apucase să se extindă din cabinetul de biologie. Marea noastră surpriză a fost când după ce incendiul a fost stins, cei doi profesori pe care îi ajutasem la stingerea focului sau mai bine zis i-am ajutat ca să ținem focul sub control și să nu se extindă mai mult, ne-au propus pe mine și Aurel ca să fim premiați pentru merite deosebite și curaj. Și uite așa am devenit eroi ai școlii și pozele noaste au fost puse la gazeta de perete. Dacă nu mă înșel, cred că pozele noastre și povestea noastră de eroism mai sunt acolo pe peretele școlii și în ziua de azi. Bineânțeles că suntem trecuți ca adevărați eroi, nu ca niște incendiatori amatori.

Capitolul 2
Pregătirile de plecare

Sună clopoțelul. În acel moment m-am luminat la față. M-am ridicat în picioare aproape primul din clasă. Clipa aceasta o așteptam de câteva luni și în sfârșit venise. Imediat și colegul meu de bancă se ridică și cât ai clipi, își băgă caietele și cărțile în ghiozdan. I-am urmat instinctiv și eu gesturile și în câteva clipe eram gata de plecare din clasă. Am plecat cu toții voioși spre casă. Nu departe de noi, un grup de elevi din clasa a-2-a, strigau cât îi ținea gura:

A venit vacanţa, cu trenul din Franţa. În acest timp îşi dădeau unul altuia ghionturi şi îşi aruncau gheozdanele în sus. Eu mă uitam la ei şi îmi aduceam aminte cu plăcere de vremea când încă mai eram un copil. Acum fiind în clasa a-8-a nu îmi mai permiteam să fac asta.

Lângă mine apăru Toni şi salutându-ne, am plecat împreună mai departe. Peste câteva minute am fost ajunşi şi de Mihai, cu paşii lui lungi ca de uriaş. Ne ajunse din urmă şi zâmbind la noi spuse:

- În vacanţa asta o să o facem lată, nu glumă!

Toni se strâmbă la el şi se făcu că îi dădu un pumn, iar Mihai blocă imaginar pumnul lui Toni şi îi dădu înapoi una.

Nici doi paşi nu făcurăm de la ieşirea din curtea şcolii, că în faţa noastră apăru Narcisa, ţiganca care vindea seminţe şi gumă de mestecat cu surprize.

- Seminţe băieţi? Gume bune cu căpşune? Cogeac, ciubuc? ne întâmpină ea ca de fiecare dată.

- Ai Turbo? întrebă Toni.

- E ziua ta norocoasă mucosule că am primit marfă nouă cu surprize. Au apărut surprize noi.

Ne-am îngrămădit în jurul ei şi am cumpărat fiecare de 5 lei câte o gumă Turbo. Fiecare avea colecţia lui de surprize. La vremea aceea, pentru noi, surprizele aveau mai mare valoare decât timbrele filatelice. În timp ce mestecam cu poftă din guma tare ca piatra Mihai spuse:

- Bogdane, când şi câţi plecăm până la urma în excursie? spuse el frecându-şi claia de păr.

Cu toate că ştiam cine merge pe de rost, am scos o coală de hârtie din buzunar pe care erau trecute câteva nume.

- Bogdan, Mihai, Geanina, Toni, Iolanda, Aurel şi Vlad, am rostit eu prefăcându-mă că citesc. Se poate să meargă şi Nicu, însă nu a trecut testul teoretic aşa că până acum suntem şapte.

- Ar fi bine să nu meargă! spuse Toni. Mie nu îmi place de el şi îşi mai dă şi aere de mare şmecher, părerea mea e să rămână acasă.

Ajunşi în faţa blocului ne-am oprit să ne tragem sufletele şi să ne odihnim picioarele pe banca din parcul blocului. Mihai era de părere să nu luăm fetele cu noi, deoarece în caz de "primejdie" o să avem o grijă în plus iar Toni care demult pusese ochii pe Geanina nici nu concepea să mergem fără fete.

- Cel mai bun lucru e să le întrebăm pe ele ce părere au. Vor putea oare să înfrunte primejdiile fără să crâşnească? am spus eu. O să le sun azi şi o să vorbesc cu ele. Dacă nu vor devenii o povară pentru noi atunci ar fi bine să meargă şi ele.

Am căzut cu toţii de acord. Trebuia să ne demonstreze că sunt apte să meargă cu noi şi că pot face faţă oricarei situaţii. Eu unul vroiam să le luam cu noi, nu mă deranjau, însă nu vroiam să pun expediţia în dificultate din cauza lor. Oscilam undeva între ciocan şi nicovală. Iolanda îmi era tare dragă şi mă hotărâsem ca în vacanţa asta să îi cer prietenia însă îmi era frică că o sa fiu refuzat. Aveam senzaţia că nu eram destul de bun pentru ea.

Dacă ar fi fost după mine aş fi plecat doar eu cu ea în expediţie, însă ştiam că fiecare om din echipă este de folos.

- La patru şi jumătate ne vedem la salcie. Aduceti cu voi listele cu ceea ce puteţi să aduceţi în expediţie şi nu uitaţi să anunţaţi pe toată lumea, am spus eu în timp ce le strângeam mâna de rămas bun.

- O să îl anunţ eu pe Aurel! strigă Mihai când ajunse la scara blocului. Însă eu şi Toni intraserăm în scară la noi şi nu îl mai auziserăm.

Pentru cei care nu au citit Bomigetoio - Oraşul pierdut, salcia era copacul cheie al tribului nostru. Acolo ne unisem destinele, acolo pusesem la cale cele mai trăsnite lucruri. Era copacul care ne ţinea strânsă echipa şi fără de care nu am fi ajuns unde eram acum. Era locul de întâlnire al nostru. Toate planurile de luptă şi de apărare acolo se făceau. Salcia bătrână ne ţinea vara de rece şi iarna era locul ideal unde ne construiam cazemata de zăpadă. Micul lac de la baza copacului era răcoros pe timp de vară, iar iarna ideal pentru un mic patinuar.

Nu lăsam pe nimeni să intre în zona noastră şi luptam până la ultimul supravieţuitor când era vorba sa fie atacat de triburile rivale. Pe trunchiul salciei erau încrustate iniţialele membrilor fondatori BOMIGETOIO, adica Bogdan, Mihai, Geanina, Toni şi Iolanda. Cam atât pe scurt despre Salcia din spatele blocului M2.

Daca aş fi ştiut de la început ce greu era să conduci tribul aş fi preferat să rămân doar un simplu membru, însă având 99% din voturi a trebuit să îmi iau acest rol în serios. Şi acum eram responsabil de tot ce se întâmpla cu fiecare dintre noi. Expediţia trebuia să iasă foarte bine şi cu toţii trebuia să ne întoarcem acasă vii şi nevătămaţi. Cel puţin aşa speram eu să se întâmple. Nu ştiam la vremea aceea că socoteala de acasă nu se potriveşte cu cea din târg.

Am ajuns acasă, unde trecând repede prin hol am intat în dormitor să îmi arunc pentru cel puţin 2 luni ghiozdanul şi să nu mă mai ating de cărţi şi caiete până nu va începe noul an şcolar. În sufragerie se auzeau mai multe voci, ceea ce m-a dus la gândul că avem musafiri. Era un lucru bun că nu trebuia să mai dau raportul sfârşitului de an. Cel puţin pentru câteva clipe eram salvat.

- Bogdan tu eşti? Se auzi din sufragerie vocea tatei.

- Da eu sunt, şi am dat drumul la magnetofon

care pe vremea aceia era un lux.

Benzile mari şi greoi de potrivit ca să poţi asculta ceva, îţi dădeau o stare de plăcere absolută, atunci când se puneau în mişcare şi transforma camera în cel mai strălucit studio muzical. Nimic nu se putea compara la aceea vreme cu magnetofonul care îţi reda în amănunt toate sunetele, nefiind tulburat de hârjâitul de la radio sau fâşâit-ul de la pick-up. Însă bucuria de a asculta muzică nu dură prea mult, că m-am trezit cu mama la uşa camerei.

- Muzica mai încet! strigă ea ca să se facă auzită! Şi să te apuci să faci ordine în cameră dacă vrei să mai ai voie să ieşi afară!, spuse închizând uşa în urma sa.

Am răsucit butonul de la magnetofon şi l-am adus la 10%. Am început să îmi stâng lucrurile şi să le pun cât de cât în ordine prin dulap. Totul era ca la o următoare verificare din partea mamei să se vadă că ceva ceva era diferit. Oricum nu îmi trebuia acum surpriza să fiu pedepsit şi să nu mai pot ieşi afară. Ordinea în cameră era un coşmar, însă acum când trebuia să plec în expediţie, nu aveam voie să fac greşeli şi trebuia cel puţin până a doua zi să rezist chinurilor casnice.

Trecură câteva ore şi la patru jumate am ieşit din casă, îndreptându-mă cu viteză spre salcia bătrână din spatele blocului. Acolo, cuibăriţi la umbră ca nişte rătuşte, stăteau toţi şapte la marginea micului lac şi făceau schimb de surprize din gumele de mestecat. Pe vremea aceia Turbo, Tipi Tip şi Bibib erau cele mai tranzacţionate surprize, însă existau şi altele pe care cu ruşine recunosc că le-am uitat denumirea. Am intrat şi eu imediat în mijlocul lor, căutând să îmi găsesc surprizele lipsă din colecţia mea. Existau patru tipuri de colecţii pe care mai toţi copiii le stângeau. Prima grupă era aceea a surprizelor din gumele de mestecat. A doua grupă era aceea a timbrelor filaterice. Aveam timbre cu ştampile şi fără ştampile. Aveam clasoare şi pensete speciale. O altă grupă la fel de importantă de colecţii era aceea cu tigăiţele. Acestea erau capace de bere sau suc, pe care le băteam şi care deveneau plate. Apoi ne jucam cu ele pe luate, sau făceam schimburi. O ultimă grupă de colecţie la care toţi aveam acces şi le deţineam în colecţii mari, erau feţele de la cutiile de chibrituri. Propriuzis, partea de sus şi partea de jos erau tăiate şi colecţionate. Tot aşa ca şi la surprize şi la tigăiţe se foloseau ca monedă de schimb şi obiecte de joacă. Cred că nu exista copil care să nu aibe cel puţin trei din cele patru colecţii. Însă puţini au mai rămas aceia, care le-au păstrat până în ziua de azi. Să revenim însă la salcia batrană.

Nicu care făcea parte din trib însă nu îşi trecuse proba teoretică, veni lângă mine şi scoase de sub tricoul său rupt, o revista Pif, scrisă în franceză. A fost extraordinar, şi cu toţii am fost de acord uitându-ne pe benzile desenate, că Nicu este un băiat

22

extrordinar, însă testul trebuia să îl dea. După ce am terminat cu toţii de răsfoit revista şi am mai comentat câteva momente pe diferite teme din Pif, Nicu stătea cu hârtia dată în mână şi încerca să găsească răspunsurile la întrebările date în test. Nu peste mult timp ne-a înmânat hârtia triumfător. Însă .... spre mirarea lui toate cele 10 răspunsuri erau şi de data asta greşite.

- Ne pare rău Nicule, regulile au fost clare şi precise. Nimeni nu merge dacă nu învaţă despre protejarea mediului înconjurător, spuse Aurel.

- Însă eu am învăţat, probabil au căzut întrebările pe care nu le ştiam.

- Nu putem să facem nimic! Te rugăm să pleci, ca să putem să începem ședința.

Nicu plecă din cazemată şi se îndepărtă cam la 10 metrii de noi apoi strigă:

- Lasă că o să vedeți voi că nu o să vă iasă nimic ! O să vă arăt eu vouă.

Nu l-am băgat nici unul în seamă, cu toate că am fi dorit să îl alergăm un pic prin grădină, însă probabil era deja prea mult pentru el excluderea din trib.

Ne-am stâns din nou în cerc şi l-am rugat pe Vlad să ne rostească câteva cuvinte despre expediția pe care urma să o facem. Vorbisem de câteva zile cu Vlad ca să pregătească un discurs pe această temă, aşa că pentru el acest moment era mult aşteptat.

Se ridică timid în picioare şi se proptii cu spatele de salcia bătrână. Se vedea de la o poştă că avea emoți,i iar pentru noi cei şapte care stăteam şi aşteptam să vedem ce spune, era un moment bun de a ne da coturi şi ciupituri.

- Prieteni, îşi începu Vlad cuvântarea, mâine vom păşi într-o expediție care poate v-a dura mai mult decât ne aşteptăm noi. Vom trece poate prin primejdii la care niciodată nu ne-am gândit ca pot exista, însă totul va fi bine dacă vom fi uniți şi curajoşi.

Marele discurs se termină în câteva clipe aşa

cum şi începuse. Mă aşteptam să ne vorbească mai mult, să ne pună la dispoziţie câteva detalii despre expediţie, dar el nimic.

- Gata? Ai terminat? l-am întrebat eu când se aseză lângă mine.

- Da! răspunse scurt Vlad, rosu în obraji şi neliniştit de parcă îl ascultase la tablă proful de matematică.

- Atunci să o lăsăm şi pe Iolanda să ne rostească câteva cuvinte înainte de a începe să inspectăm listele pe care le-aţi adus cu echipamentul pentru mâine, am spus eu.

Iolanda se ridică şi preluă locul de la salcie, pentru a-şi începe discuţia.

- Nici nu stiu cu ce să încep, fură primele ei cuvinte. Am aşteptat acest moment de mult timp. Iarna trecută după cum vă aduceţi cu toţii aminte, am făcut primele planuri şi schiţe. În primăvară cu ajutorul lui Aurel am avut primele poze din zonă, iar acum când vacanţa a început, suntem gata să plecăm spre marea aventură. Vom arăta oamenilor că nu numai specialiştii în arheologie pot descoperii comori, ci şi noi care până acum nu am mai facut asta. Dacă vom descoperi însă marele tezaur al dacilor, sau vom găsi cloşca cu puii de aur, acest lucru îl vom vedea atunci. Însă un lucru e sigur. Suntem gata şi mâine vom pleca în expediţie.

Nici nu a apucat să termine ce avea de spus, că cu toţii am sărit în picioare, ţipând şi chiuind.

Capitolul 3
Spionii din gradină

- Ce spui? Să plecăm? Dacă ne prind aici o să se ducă de râpă tot planul nostru!

- Mai stăm un pic. Trebuie să aflăm la ce oră pleacă mâine, sau vrei să nu dormi toată noaptea şi să păzim scara blocului până dimineaţă? Daca nu stim când pleacă nu o să ştim când o să ne întâlnim noi.

Cele două voci se auzeau din spatele tufişelor care înconjurau micul lac. Însă noi care eram dincolo de lac, nu am auzit nimic. Soarele, ajunse aproape de marginea orizontului, făcând umbrele tufiselor lungi şi subţiri pe apa lacului. Tot tribul stătea aşezat jos şi răsfoiam rând pe rând listele. Le plimbam de la unul la altul, fiecare fiind surprins de ingeniozitatea lor. Nu era rău deloc. Doar că aveam un singur cort, pentru că Nicu avea cort însă fusese exclus din echipă şi ne lipsea o cameră de roată de tractor.

- Camera de tractor o putem lua de pe şantier!, spuse Toni.

- Da! Știu eu una! sări Vlad. Am văzut joia asta una când am fost cu Nicu pe șantier. Cred că nu a luat-o nimeni de acolo până acum.

- Te duci imediat să o aduci!, am spus eu. Toni și Aurel mergeți cu el, ca să îl ajutați să o aducă.

- Dar eu vreau să .... încercă Toni să spună ceva.

- Ordinul se execută imediat!, nu se discută. I-am luat eu vorba din gură.

Vlad ieși deja de sub crengile plecate ale salciei, urmat îndeaproape de Aurel. Toni mai stătu un pic, își strânse foile și băgându-le în rucsac, îi urmă pe cei doi fugind după ei să îi ajungă din urmă.

- Ce facem cu cortul? Ne mai trebuie unul! Și asta până mâine dimineață la șapte când plecăm.

- Eu am unul acasă!, spuse Geanina, însă este mare și greu! Cred că este de 6 persoane, cel puțin așa spune tata.

- Ar fi bun și ăla, însă dacă este greu cine o să îl ducă în spate? Chiar și Vlad cât e el de mare nu va putea să ducă în spate mai mult de 20 de kg.

- Costache de la cinci are un cort. Poate îl convingem să ni-l dea. Anul trecut a fost cu tata în Deltă și spunea că nici din pene de gâscă dacă era făcut și nu era așa de ușor, spuse Mihai.

Nu am avut nevoie de mai mult. Am sărit în sus

şi am pornit spre bloc.

- Cine merge cu mine? am întrebat în timp ce mă îndepărtam de ei.

- Eu ! am auzit vocea Iolandei.

- Şi eu ! se auzi şi vocea Geaninei.

Binenţeles că nici Mihai nu a rămas la cazemată şi ne-a urmat şi el spre bloc. Pe când plecam, un foşnet se auzi din tufişul aflat la doi paşi de noi. Părea ca şi cum o creangă mică şi uscată a fost ruptă.

- Aţi auzit şi voi? am întrebat eu.

- Cred că o pisică sau ceva de genul ăsta era, răspunse Iolanda.

Am ieşit din grădină şi ne-am îndreptat spre intrarea în blocul M1. Blocurile M1 şi M2 erau lipite unul de altul în forma de L iar grădina noastră se afla în spatele grădinii M2 la capătul oraşului. Dincolo de noi la vremea aceea erau doar câmpul şi undeva în zare se construia o centrală termică, iar şantierul pentru noi era uneori un adevărat loc de război, însă despre asta în alt capitol ca să nu sărim prea departe de subiectul actual.

-//-

În spatele nostru, în tufişul de unde cu câteva clipe înainte se auzise o trosnitură, acum era un adevărat război.

- Ești bolnav? îl întrebă Nelu pe Nicu trăgându-i una după ceafă. Eram la un pas să fim descoperiți.

- Nu am făcut intenționat, începuse să mă ia cu mâncărimi, la început mă mânca urechea și nu am făcut nimic apoi m-a luat o mâncărime groaznică la picior, nici pe aia nu am vrut să o scarpin însă pe secundă ce trecea mă mânca în tot mai multe locuri. A fost un coșmar. Până la urmă a trebuit să mă scarpin și să îmi mișc piciorul că altfel cu siguranță îmi apăreau bube, că nu m-am scărpinat la timp.

- Taci și gândeste-te bine la ce au spus ei. Parcă la ora șase dimineața sau șapte?

- Șapte! Am auzit sigur sigur când Bogdan a spus.

- Atunci noi o să ne vedem la ora șase și jumătate. Urci sus la mine și de acolo plecăm să îi urmărim. Nu ieși pe intrarea principală ci folosesti geamul de serviciu ca nu cumva să fii văzut când ieși din bloc. Nu trebuie să știe nimeni că noi o să îi urmărim. Nelu își lipi palmele la piept ca și cum ar fi vrut să spună o rugaciune, apoi aplecându-se un pic în față așa cum fac samuraii spuse: misiunea noastră a luat sfârșit azi.

- Să trăiți maestre!, și Nicu îi urmă exemplul închinându-se în tip de samurai.

În câteva secunde amândoi dispărură din spatele tufișului, fiecare în direcția opusă și sărind

29

după copaci şi tufişuri că dacă i-ai fi văzut de sus ai fi spus că se ascund de cineva nu că pleacă fiecare la casa lui.

-//-

În acea seară mi-am verificat cu insistență bagajul meu, încercând să nu uit nimic important acasă, însă în acelaşi timp să nu iau nimic inutil la mine. Nu eram hotărât dacă să iau sau nu jurnalul meu la mine. Eram încă nedumerit, însă până la urmă am hotărât să iau un caiet nou, pe care să scriu tot ce o să facem în expediție.

- Bogdan la masă! se auzi vocea mamei din sufragerie.

Am mers la masă ca să nu cumva să greşesc cu ceva în ultima zi petrecută acasă. Nu voiam să le dau ocazia să aibe un motiv ca să nu mă mai lase în expediție aşa că aveam de gând chiar să mânânc tot ce mi se va pune în farfurie cu riscul ca o să îmi apară pete şi să mă ia cu mâncărimi. Spre norocul meu însă am găsit în farfurie cartofi prăjiți şi aripioare de pui prăjite. Dacă stau să mă gândesc bine cred că doar de Crăciun şi Paşte mai găseai altceva decât acele tacâmuri de pui. Tacâmurile de pui erau formate din gât, spate, aripioare, fund şi ghiare de găină. Din ghiare, spate şi gât se făcea de obicei ciorbă şi aripioarele se mâncau fripte, fiind o delicatesă la vremea aceea. Copanele şi pieptul pui erau distribuite către export, iar noi trebuia să ne

30

mulțumim doar cu tacâmurle. Oricum și tacâmurile se găseau din ce în ce mai greu în magazine iar când se băgau trebuia să stai ore în șir la coadă ca să apuci o porție. Măcelăriile la vremea aia erau ca un muzeu, intrai te uitai la rafturi, pe ici pe colo mai era agățat un cârnat sau un salam de soia, poate că mai găseai și niște ghetuțe de porc (copită din care se facea piftie) și în rest erau rafturile goale. Când însă se aducea carne asta o dată sau de două ori pe lună se făceau cozi interminabile și toată lumea se înghesuia să prindă o bucată de carne proaspătă. Țin minte că uneori tata pleca noaptea de acasă și se furișa în spatele măcelăriei, unde la un preț un pic mai piperat, măcelarul îi procura o porție de carne pe care tata o băga sub haină ca nu cumva cineva să îl vadă, și să îl întrebe de unde o are. Nu erau vremuri ușoare însă viața era frumoasă și te descurcai să poți să supraviețuiești.

Am mâncat tot și chiar am mai cerut câțiva cartofi ca să le arăt cât de flămând sunt.

- Cine mai merge cu tine în expediție? mă întrebă tata în timp ce mușca din friptură.

- Mergem toată echipa Bomigetoio adică eu, Mihai, Geanina, Toni, Iolanda și vor mai merge Aurel și Vlad cu noi. Încercăm să fim mai mulți ca să putem să strângem mai mulți bani pentru cercul de biologie de la școală. În felul ăsta o să contribuim și noi la reconstruirea și reutilarea laboratorului.

- Şi vine şi Toni? întrebă mama, mai, mai că nu îi venea să creadă.

- Da până la urmă l-a lăsat şi pe el să meargă când a văzut că mergem toţi şi că suntem aşteptaţi în Voineasa.

- Şi la ce ora plecaţi? întrebă tata.

- La şapte ne vedem jos la bloc iar la opt jumătate plecă trenul de la peronul trei.

După alte câteva întrebări rapide puse când de tata când de mama, la care am răspuns cu mare încredere şi foarte promt, m-am ridicat de la masă şi am pornit spre camera mea. Mi-am pus ceasul deşteptător să sune la cinci apoi m-am lungit în pat şi am început să îmi fac planurile de expediţie, însă nu a durat mult şi probabil în câteva minute am ajuns pe celălalt tărâm. Tărâmul viselor.

Capitolul 4
Călătoria

"Astăzi vremea va fi în general frumoasă. Vremea caniculară, instalată în ţara noastră mai târziu decât în ultimii ani, ne va da dureri de cap la propriu în urmatoarele zile, când termometrele vor depăşi 38 de grade la umbră.

Administraţia Naţională de Meteorologie a emis miercuri o avertizare de cod galben de canicula pentru 32 de judete din tară. Atenţionarea intră în vigoare joi, 23 iunie, la ora 14.00 şi este valabilă până sâmbătă, 25 iunie, ora 18.00.

Meteorologii anunţă că în intervalul menţionat, vremea va fi caniculară, iar indicele temperatura-umezeală va depăşi pragul critic de 80 în cea mai mare parte a ţării.

Temperaturile maxime vor creşte de la o zi la alta, astfel încât vineri 24 iunie şi sâmbătă 25 iunie, vor depăşi 38 de grade în Câmpia Română. Judeţele care vor scăpa de canicula sunt Suceava, Maramureş, Sălaj, Mureş, Braşov, Harghita, Bistriţa Năsăud, Cluj şi Covasna.

Odată cu instalarea caniculei, Ministerul Sănătaţii a revizuit Planul Naţional pentru canicula şi a activat Comitetele de coordonare a intervenţiei rapide în cazul declanşării perioadelor de canicula, de la nivelul direcţiilor de Sănătate Publică şi serviciilor de Ambulanţă.

Ministerul Sănătăţii recomandă populaţiei, pentru perioada de canicula, să evite pe cât posibil expunerea prelungită la soare intre orele 11.00-18.00.

Acum în Băneasa avem 13 grade iar la staţia Filaret 14 grade. Aici Radio România Actualităţi."

- Te-ai trezit? întrebă mama intrând în cameră la mine.

- Da. Sunt trezit de ceva vreme, am pregătit bagajul şi sunt gata de plecare. Însă e încă devreme.

- Îți pregătesc acum ceva de mâncare? Mai ai nevoie de ceva?

- Poți te rog să îmi faci câteva sandwich-uri ca să le iau cu mine să le mâncăm pe tren, nu prea pot să mânânc așa devreme.

-//-

Afară încă nu se luminase de ziuă. O umbră trecu repede prin fața blocului şi intră în scara blocului vecin. Intră în lift şi apăsă butonul cu numărul opt. În câteva secunde, liftul se opri la etajul comandat. Ajuns în dreptul uşii cu numărul 52, umbra avu un moment de ezitare apoi ciocăni uşor în uşă.

- Cine e acolo? se auzi de dincolo de uşă, o voce de femeie.

- E pentru mine! se mai auzi o altă voce de dincolo de uşa.

Peste câteva momente uşa se deschise şi Nelu îi făcu semn lui Nicu să intre. Se salutară specific samurailor şi fără să vorbească se înțeleseră din ochii că totul era pregătit şi puteau să plece mai departe. Au coborat cu liftul până la etajul unu, ca semn de precauție, apoi părăsiră blocul pe geamul de la etajul unu ajungând în spatele blocului în grădină. Ocoliră blocul şi pitindu-se în spatele unor tufisuri se puseră la pândă ca nu cumva să piardă nimic din ce se întâmplă în jurul lor.

- Am avut un vis urât în noaptea asta! spuse Nicu

- Ştii că visele uneori pot să fie adevărate.

- Asta sper sa nu fie. Eram în vârful unui copac şi creaca de sub picioarele mele s-a rupt...

Nelu îi puse mâna la gură lui Nicu făcându-l să tacă. Un om ieşi din blocul M1 şi se îndreptă spre staţia de autobuz.

- Credeam că sunt ei!, spuse Nelu.

-//-

Când am coborât în faţa blocului, deja se luminase un pic şi Mihai era aşezat pe scările blocului. Lângă el avea un rucsac mare, probabil prea mare pentru el şi în mână ţinea un băţ, probabil îl luase ca să nu fie atăcat de câinii vagabonzi din jurul blocului.

- La naiba ce frig este! spuse el când am ajuns în dreptul lui ca semn de salut.

- Lasă că nu o să mori de frig!, şi atunci am simţit şi eu vremea răcoroasă din dimineaţa aceia. O să se încălzească imediat ce o să iasă soarele şi să vezi ce zi frumoasă o să avem.

Aurel apăru şi el la scara blocului închizându-şi geaca de fâs iar în spatele lui la câţiva metrii îl urmau şi fetele. Amândouă aveau câte un rucsac mic în spate şi păreau destul de uşoare după felul în care le cărau şi zâmbeau în acelaşi timp. Imediat apăru şi Vlad de după colţul blocului cu paşii lui mari şi burta lui voluminoasă care îi ieşea afară din tricou.

- Unde e Toni ? întrebă Geanina.

- Mai sunt două minute! Probabil e la uşă!, îi răspunse Mihai mai cu jumate de gură.

- Dacă nu s-a trezit? intră şi Vlad în discutie când ajunse în dreptul nostru.

- Mă duc la el la usă şi văd dacă mai vine!, spuse Aurel, intrând în scara blocului.

Toni stătea la parter, aşa că din locul în care eram noi puteam să vedem prin geamul intrării uşa lui Toni. Aurel nu apucă să sune la sonerie când uşa se deschise şi Toni ieşi din casă. Am răsuflat cu toţii uşuraţi. Echipa era întreagă. Mare însă ne-a fost mirarea, când la ieşirea din bloc Toni ieşi ţinând în lesă un câine ciobănesc german (câine lup cum îl denumeam noi în popor).

- O expediţie fără un câine nu este adevărată! spuse Toni triumfător ţinând lângă el căţelul.

- De unde îl ai? am întrebat eu apropiându-mă de el. Muşcă?

- E cuminte ca un mieluşel! E căţelul lui bunicu care m-i l-a împrumutat pe parcursul expediţiei ca să ne apere de duşmani!, ne explică pe scurt Toni cum obţinuse frumosul căţel.

Fetele deja erau îngrămădite în jurul căţelului şi îl mângâiau în timp ce acesta le lingea şi dădea din coada bucuros.

Am făcut apelul ca să verificăm că nu lipseşte nimeni şi am plecat cu toţii plini de voie bună şi bucuroşi că în sfârşit mergeam în expediţia mult aşteptată.

-//-

Trenul personal 3450 in direcţia Piteşti, Râmnicul Vâlcea, Petrosani pleacă în cinci minute de la peronul numărul trei!, se auzi pe peronul gării centrale.

- Repede! spuse Mihai, nu prea as vrea să pierdem acum trenul.

- Stai liniştit că îl prindem şi dacă trebuie să urcăm din mers, spuse Vlad gâfâind în timp ce fugeam cu toţii pe peronul aglomerat.

Ne-am strecurat prin mulţimea de oameni de pe peron şi am urcat undeva la mijlocul trenului. Trenul aştepta semnalul de plecare în timp ce noi am ocupat un compartiment gol. Ne-am aruncat bagajele pe banchete şi am ieşit în grabă pe culoarul trenului la geam. Trenul făcu o zdruncinătură ca să se pună în mișcare. Am făcut cu toții cu mâna la oamenii de pe peron care și ei văzându-ne, ne făceau și ei semne de la revedere.

Am rămas la fereastră până când orașul dispăru după o cotitură.

Am intrat apoi cu toții în compartiment și ne-am aranjat bagajele sus în zona special amenajată pentru bagaje. Am scos sandwish-urile făcute de mama și am început să rup din ele ca fiecare să primească câte o bucată. Era decât pâine cu unt și sare însă în momentul ăla a fost ceva deosebit de bun. La fel făcu și Mihai care spre surpriza noastră avea pâine cu bucăți de cașcaval.

- Hei Mihai de unde au găsit ai tăi cașcaval? întrebă Iolanda mușcând cu poftă din sandwish.

- Săptămâna trecută au reuşit să facă o comandă la Casa de Comenzi şi am avut parte de surprize plăcute. Dacă plecam săptămâna trecută ne punea mama şi suncă de Praga însă am mâncat-o până acum.

- Măcar o bucată pentru Beno trebuia să opreşti.

- Toni tu crezi că dacă ştiam că iei câinele cu noi nu ascundeam o felie de șuncă şi acum o aduceam? Însă cine a ştiut asta.

Timpul trecu repede şi eram deja în apropiere de Râmnicul Vâlcea. Munţii se înălţau în stânga şi în dreapta liniei ferate. Cu toţii eram fascinaţi de frumoasele peisaje care ne alergau prin faţa ochilor.

- Aţi văzut ursul? strigă Geanina

Nimeni nu văzuse nimic însă cu toţii ne-am lipit nasurile pe geamul compartimentului. Trenul sună din sirenă şi în scurt timp începu să piardă din viteză pe semne că intram în gară.

Iolanda pregătii ceva de mâncare şi ne invită să luăm masa. Beno, câinele nostru işi primi şi el o bucată de salam de la Vlad, ca toţi membrii echipei să primească ceva de mâncare. Fără să o mai miroase o înghiți repede înfulecând de la fiecare apoi câte o bucată de pâine.

- Nu am poftă de mâncare!, spuse Toni aruncând și el o bucată de salam lui Beno.

- Dacă o să îi mai dăm carne nu cred ca o sa mai vrea să mânânce pâine, spuse Aurel.

Nu mai trecu însă mult timp și în compartimentul nostru intră controlorul trenului.

- La prima stație trebuie să coborâți! Ajungem în zece minute la Voineasa.

Capitolul 5

O lume de vis

- Minunat! spuse Aurel sărind din trenul care încă nu se oprise total în gară.

- Ooooo! Nici nu credeam că există așa ceva! În timp ce spunea asta Mihai își lua bagajele de pe scările trenului.

Am coborât cu toții din tren odată cu încă câțiva călători. Era o gară mică ca o haltă. Ne-am așezat bagajele în mijlocul peronului, încă nedumeriți în ce parte să o luăm. Eu coborâsem ultimul din tren pentru a verifica că nu a rămas nimic în compartiment și în momentul în care am văzut împrejurimile am rămas mut de uimire. În fața noastră un sătuleț mic cu case depărtate una de alta, dispuse pe coline și înconjurate de grădini frumos îngrijite. Noi obișnuiți cu blocuri înalte, mașini și aglomerație, priveliștea ni se părea ruptă dintr-un tablou rural, sau dintr-un film vechi de sute de ani. Aici nimic nu se schimbase de mai bine de sute de ani. Oamenii păreau să fie mulțumiți cu traiul și tehnologia pe care o aveau.

- Să dea draci în mine dacă nu am picat în rai!, spuse Vlad lăsând rucsacul jos în praful drumului.

- Stai liniștit că frumusețea începe atunci când o să ajungem în munți. Am auzit că drumul spre situl arheologic e mirific!, îi spuse Geanina.

- Lăsați aici toate bagajele și mergem să întrebăm care este drumul spre sit!, am spus eu, încercând să fac un pic de ordine în grupul nostru care deja începuse să se destrame și fiecare o luse în direcții diferite.

Urmat de Toni și Beno, am părăsit grupul și ne-am îndreptat spre prima casă aflată la câteva sute de metrii de gară. Însă nici nu apucasem să ne apropiem de ea că în poartă deja apăru un bătrânel care ne întâmpină voios.

- Bună ziua tinerilor! Tot la Trei Urși mergeți? spuse el deschizând poarta și ieșind în stradă.

- Bună ziua! am raspuns noi, însă nici nu am

apucat să răspundem că el ne luă cuvintele din gură.

- Dacă vă grăbiţi o să mai ajungeţi acolo până la apusul soarelui însă cel mai bine ar fi să rămâneţi peste noapte în sat şi mâine în zori să plecaţi mai departe.

- La Trei Urşi vrem să ajungem, ne puteţi spune în ce parte să o luăm? spuse Toni parcă neauzind ce spusese bătrânelul.

- Apoi dragul meu dacă te ţii după poteca din capătul satului nu poţi să ratezi şi să nu ajungi acolo. Vă ia cam trei, patru ore să ajungeţi.

- Multumim mult pentru sfat! Să aveţi o zi bună!, am spus eu întorcându-mă către echipă.

Ne-am strâns bagajele de pe străduţa plină de praf şi găinaţ şi am plecat spre direcţia indicată de bătrân. Vlad, care era cel mai solid şi căra cel mai greu rucsac o luase înaintea noastră ca să poata să îşi formeze ritmul de mers. Fetele încă nu se plângeau însă se vedea pe feţele lor că drumul pe jos nu le plăcea aşa de mult.

Când am ajuns la caputul satului o potecă apăru în faţa noastră. Intrarăm în pădure şi uşor, usor unul în spatele celuilalt, am rămas fascinaţi de frumuseţea locurilor. Urcam probabil pe o fostă potecă forestieră, iar pădurea din când în când avea mici luminişuri în care puteam să vedem colţuri din vale şi creste de munte. Arborii se înălţau vitejește pe clinuri verticale învăluind poteca în umbra lor. Era patria cocoșului de munte, a ciutelor, adesea colindate de capre negre. Toni lăsase liber câinele şi acesta mergea înaintea noastră parcă deschizându-ne drumul. La un momendat se opri. Ciuli urechile şi începu să mâraie. Ne-am oprit.

– O fi un animal acolo!, spuse Iolanda.

– Sau un om? spuse Vlad. Heiiiiiii! E cineva acolo? strigă Vlad cu toată puterea.

Beno parcă prinzând curaj la strigătul lui Vlad începu să latre, apoi o zbughi în pădure.

– Beno! Beno!

Am strigat cu toţii spre câinele care dispăruse în pădure şi doar lătratul său se mai auzea din când în când. Am ramas cu toţii neclintiţi nu vroiam să înaintăm fără Beno însă nici nu puteam să rămânem aici.

- Eu plec după el în pădure, spuse Mihai.

- Așteaptă aici că Beno ştie să se descurce şi singur. O să se întoarcă în câteva clipe, spuse Toni cu jumate de gură. Benoooo vino la tata!, strigă el.

Am început să strigăm şi noi cu speranţa că Beno o să se întoarcă. Peste câteva clipe un foşnet se auzi prin pădure şi Beno sări pe potecă dând din coadă şi bucurându-se la vederea noastră. L-am mângâiat cu toţii apoi Toni îi puse lesa ca să nu fugă din nou şi am pornit pe potecă, continuându-ne drumul.

Să tot fi mers încă două ore cu opriri dese, ca să mai bem apă şi să ne odihnim picioarele când în faţa noastră apărură doi masivi de stâncă care parcă ne închideau calea. În dreapta drumul părea că urcă spre culmi iar în stânga cobora. Un indicator mic bătut în cuie pe un copac ne arăta drumul " Trei urşi - 1km". Cu toţii am răsuflat uşuraţi văzând că direcţia indicată era la vale. În sfarşit puteam să coborâm voioşi pe potecă. Versantul de munte pe lângă care treceam era plin de grote şi alte forme carstice. Poteca se lăţi din ce în ce şi deja începeam să auzim primele sunete făcute de fiinţe umane. Casmale, lopeţi, forfotă şi tot tacâmul ne întâmpină când am ajuns în situl arheologic.

-//-

- Şi acum ce facem? Cu siguranta or să ne vadă! Nu puteau şi aştia să coboare în altă parte? spuse Nicu.

- Hai să ne ascundem aici după casa de bilete din gară. Nici ţipenie de oameni pe aici, spuse Nelu trăgându-l pe Nicu după el.

Satul era prea mic şi lipsit de animaţie şi cu siguranţă puteau să fie văzuţi de celălalt grup. Se ascunseră şi aşteptară ca grupul să plece mai departe însă spre mirarea lor aceştia îşi aruncară bagajele în mijlocul drumului şi nu înaintau. Îl priviră pe Bogdan şi Toni care vorbiseră cu un localnic şi erau cât pe ce să îi zărească, însă aceştia erau prea ocupaţi cu treburile lor şi prea puţin atenţi cu duşmanii lor, care se aflau în zonă. Peste câteva clipe grupul plecă spre marginea satului, însă Nelu nu părea să se mişte şi să plece mai departe în urmărirea lor.

- Ce fecem? Nu mergem după ei? O să îi pierdem din ochii şi nu îi mai găsim prin pădurea aia, spuse Nicu îngrijorat.

- Stai liniştit! Luăm o mică gustare şi îi mai lăsăm să aibe o distanţă destul de mare de noi. În felul ăsta nu o să dăm faţă în faţă cu ei.

- Şi dacă îi pierdem? De unde stim noi în ce parte o iau sau unde se duc?

- Nimic mai simplu. Ai văzut că au vorbit cu moșulică ăla de la gardul ăla mare. El le-a indicat şi pe unde să meargă, deci el ştie unde trebuie să ajungem şi noi.

- Mama mia! Să știi că ai dreptate!, spuse Nicu şi se aşeză liniștit jos lângă Nelu. Mie nici prin cap nu îmi trecea asta.

- Nu uita că am citit Sherlok Homes de câteva ori şi am avut mult de învăţat de la el, spuse Nelu unflându-se în pene.

Aşezaţi în spatele tejghelei unde se vindeau odată biletele de tren, se apucară să mânânce din bucatele aduse de acasă. Începură apoi să joace Fazan şi după ce trecură cam 30 de minunte, îşi luară bagajele şi se duseră la poarta unde Bogdan şi Toni vorbiseră cu bătrânelul.

- Bună ziua! strigară ei la poartă. E cineva aici? Alooo

Nimic! În curte nici o mișcare.

- Nu e acasă nimeni ! spuse Nelu

- Alooo! E cineva acasă? strigă şi Nicu.

Din nou nimic. Curtea era goală. Nici ţipenie de om. Îşi lipiră feţele de gard cu speranţa că or zării pe cineva acolo. Însă nimic.

- Hei voi de colo! se auzi o voce din spatele lor.

Spre surprinderea lor bătrânelul se afla pe stradă lângă ei cu o găleată de apa plină în mână.

- Ce e atâta grabă? Arde undeva? întrebă bătrânelul.

- Bună ziua! Noi suntem aici în căutarea unor colegi de la scoală care trebuiau să ne aştepte aici, însă spre surprinderea noastră vedem că nu au putut probabil să ne aştepte.

- Poate că or fi fost tinerii ăia care au venit cu trenul acum ceva vreme.

- Ei sunt sigur, spuse Nicu.

Nelu îl înghionti ca nu cumva să se dea de gol.

- Noi ne gândeam că o să apucăm să ajungem la timp însă maşina cu care am venit a făcut o pană pe drum şi nu am ajuns la momentul stabilit.

- Aţi venit cu maşina? întrebă bătrânelul scărpinându-se în cap şi uitându-se înprejur ingândurat.

- Ne-a lăsat la intrarea în sat că a trebuit să se întoarcă urgent în oraş!, spuse Nicu. Și acum suntem în dilemă că nu ştim încotro să o luăm.

Amândoi făcură o faţă ca şi cum erau nişte curci plouate.

- Păi nu o fi greu să îi găsiţi pe prietenii vostrii.

Dacă vă grăbiţi îi prindeţi din urmă.

- În ce parte să o luăm?

- Poteca din spatele satului este singurul drum care vă duce la situl arheologic. Nu trebuie decât să urmaţi cărarea şi în câteva ore sunteţi acolo.

Cu paşi grăbiţi plecară spre poteca indicată de bătrân şi din când în când întorceau capul să vadă dacă bătrânul îi urmăreşte. Bătrânul însă îşi văzu de ale lui nebăgându-i în seamă.

Când însă ajunseră la liziera pădurii pornirā prin pădure paralel cu poteca ca nu cumva să dea nas în nas cu cei din faţa lor. Cu greu însă işi făceau drum printre copaci şi ramurile căzute.

Pe lângă faptul că trebuiau să meargă pe un drum fără potecă, mai erau nevoiţi să se ferească şi să facă zgomot însă acest lucru părea din ce în ce mai imposibil. Parcă la fiecare pas crengile sau frunzisul uscat îi dădea de gol.

Nu merseseră mai mult de 40 de minute că deodată se auzi un lătrat apoi peste câteva clipe o fiară apăru în dreptul lor mârâind. Probabil nici dacă îi chema Tarzan pe amândoi şi nu reuşeau aşa o performanţă de a urca în câteva secunde în vârful celui mai apropiat copac.

- Marş de aici! strigă Nicu la câinele care stătea la baza copacului.

- Până aici ne-a fost. Or să vină şi or să ne găsească.

Nelu rupse o creangă aflată deasupra lui şi o aruncă spre câinele fioros care vroia să îi termine. Acesta speriat de creanga care îi ameninţă pentru o clipă viaţa, se întoarse şi dispăru în pădure.

- Crezi că a plecat?

- Vrei să încerci tu să te cobori? Eu unul mă simt bine aici. Suntem în siguranţă şi oricum ştim unde se duc şi cum ajungem acolo. Trebuie doar să îi spionăm şi să ne găsim un loc sigur unde să ne facem tabăra, spuse Nelu aşezându-se mai comod în copac.

Capitolul 6
Situl arheologic

Când eram acasă îmi închipuiam altfel situl arheologic. Mă gândeam că va fi mult mai distractiv decât vedeam acum cu proprii ochii. O multime de oameni forfotau în jurul unor gropi, stăteau ghemuiți pe vine şi scotoceau în pământ cu scopul că poate, poate or să găsească ceva acolo. Părea o muncă în zadar căutând acul în carul cu fân. Asta se vedea de la prima vedere.

- Echipa de pionieri de la Şcoala Generală numărul 36 se alătură şi ea grupului de tineret! Se anunţă în megafonul tabere,i venirea noastră.

Am fost prezentaţi instructorului principal care după ce ne măsură din cap până în picioare de câteva ori spuse:

- Aici aţi venit sa munciţi! Nu este o joacă şi trebuie să luaţi în serios fiecare îndatorire dată de tovarăşul Ionescu cel care o să se ocupe de voi şi o să vă arate ce aveţi de făcut.

Tovarăşul Ionescu era de vârsta noastră sau poate un pic mai mare însă de câţiva ani ajuta la săpăturile arheologice şi experienţa lui ne-a ajutat să înţelegem mai uşor ce aveam de făcut.

Cu mici lopățele de metal trebuia să luăm bulgăre cu bulgăre și să transformăm totul în bucățele mici. Orice bucată de os, lemn, piatră sau ceramică trebuia să o punem deoparte până era verificată de un inspector de zonă. După ce o verifica acesta o arunca peste pământul deja măcinat și cules sau o lua cu el și o cataloga. Cei mai mari săpau gropițele de pământ iar noi doar sortam pământul.

Plecasem cu gândul ca să descoperim tezaure de aur, cocoșei, brățări dacice însă după 2 zile ne bucuram și dacă găseam un ciob de vas ceramic. Situl fusese pe vremuri o garnizoană romană. Veniți să cucerească Dacia, romanii se loviră de vitejia și dârjenia armatei Dace care spre surprinderea lor nu ceda forței imperiului Roman.

În primul secol înainte de Hristos, pe măsură ce Imperiul roman se extindea și se creau provincii romane în Panonia, Dalmația, Moesia și Tracia. Granița cu Dunarea se întindea pe aproape 1500 km și despărțea Imperiul Roman de lumea dacică.

Dacia s-a aflat în apogeul puterii sale sub regele Decebal (87-106 e.n.). După o primă confruntare, pe timpul domniei lui Domițan, (87-89 e.n.), s-au impus cu necesitate două războaie pentru Imperiul Roman (101-102 e.n. și 105-106 e.n.), pentru ca, în culmea gloriei sale, împăratul Traian (98-117 e.n.), a reușit să-l învingă pe Decebal și să-i transforme regatul într-o provincie romana numită

Dacia. Columna lui Traian, înalțată la Roma, și mausoleul de la Adamclisi (Dobrogea) povestesc despre această înclestare militară, care a fost urmată de o masivă și sistematică colonizare a noilor teritorii integrate noului imperiu. Când însă romanii au ajuns în capitala Daciei, tot tezaurul dacic dispăruse. Sute de kilograme de aur au fost ascunse de daci și de atunci nimeni nu le-a mai găsit. Se pare că au existat de atunci și până în prezent câțiva oamen,i care au păzit cu strășnicie comoara, însă nimeni nu cunoște cu adevărat pe nici unul dintre aceștia.

Romanii construiseră garnizoana aici unde erau protejați de munți și nu se putea ajunge la ei decat dintr-un singur sens. Probabil romanilor le era teamă de un nou asalt dacic și în zona asta se simțeau în siguranță. Pe vremea aceea din turnurile fortăreței se putea vedea până jos de tot în vale însă acum din cauza pădurii seculare nu se mai putea vedea mare lucru.

Una dintre cele mai spectaculoase descoperiri a fost a unui pantof roman. Era făcut dintr-o singură bucată de piele de vacă cu găuri mari pentru șiret și alte câteva găuri mici pentru decorațiuni. Talpa era din lemn dur și plină de cuie. Se pare că cuiele ajutau la deplasare pe distanțe lungi și împiedicau să se degradeze. Pantoful era foarte bine conservat și dacă nu ai fi știut că are aproape 2000 de ani ai fi spus că a fost purtat de bunicul în tinerețe. Perechea sandalei romane nu a putut fi găsită cu toate insistențele noastre.

În tabără, ziua trecea repede, mai ales că Ionescu avea un uliu dresat pe care îl punea să facă tot felul de trăsnăi. De obicei îi punea o cutie goală de conserve în ghiare, iar după ce acesta se înalța în văzduh şi se rotea deasupra noastră, Ionescu îi dădea semnalul să lase prada şi acesta ne bombarda din înălțimi cu conserva.

- Bombaaaaaa! striga Ionescu în timp ce toată lumea se ascundea care încotro ca să nu fie lovit de cutiuța goală de conservă.

Mititelul aşa cum era numit uliul avea un cioc puternic, cu marginile tăioase ca lamele unui foarfece; ciocul fiind adaptat pentru a-şi sfaşia prada. Corpul subțire, aripile şi coada lungi, arăta că este ceea mai bună zburătoare din zonă. Avea o vedere foarte bună şi nu de multe ori se năpusetea din înălțimi ca să prindă soricei şi insecte. Era un adevărat spectacol când îl vedeai în acțiune.

- Îl am de doi ani, însă e primul său an în libertate deplină şi se pare că îi prieşte aici la munte!, ne spunea cu mândrie Ionescu.

Plini de noroi şi obosiți, seara, după ce ne spălam bine şi ne simțeam mâinile de parca erau raşpapir, cădeam la somn ca muştele, unul câte unul, în corturile aşezate în formă de cerc şi cu focul mare de tabără din centru.

- Abia aștept să ajung acasă!, spuse Mihai cu câteva clipe înainte să închidă ochii.

- Mie îmi place. Aș sta toată vacanța aici, intră în vorbă și Vlad care credeam noi că deja adormise.

- Bine că vremea a ținut cu noi și nu a plouat. Îți dai seama ce noroi ar fi fost atunci!, am spus eu. Or să ne prindă bine banii de aici și o să ne aducem aminte cu plăcere de munca asta de căutător de comori.

- De comori? întrebă Toni în șoaptă. Trebuie să vă spun un secret. Comoara pe care o căutăm noi nu se află aici. Am vrut să văd cu ochii mei cum se fac săpăturile și cum se caută o comoară. Când o sa ajungem acasă o să vă arăt harta bunicului meu. O are de la bunicul lui și acesta tot așa de la moș strămoș. Harta arată unde Dacii au ascuns comoara lor când au fost atăcați de romani. Bunicul o ține ascunsă la casa de la țară, însă stiu unde se află și putem să mergem să o furăm. Dacă vom reuși să luăm urma comorii, atunci să vezi bogății nu ca aici un ciob și un papuc și mare sărbătoare.

Probabil că adormisem cu toții până Toni termină fraza căci nimeni nu a mai spus nimic și liniștea se așternu peste cortul nostru. Doar afară se mai auzeau strune de chitara de la cei care încă se mai aflau in fața focului de tabără și cântau.

Capitolul 7
Yeti din Carpați

Mi-am revenit cu greu. Mă durea cumplit capul și toate oasele. Am deschis ochii și am încercat să îmi fac o idee unde sunt. Eram așezat pe niște paie și crengi rupte. Mai degrabă eram acoperit cu paie. Am încercat să îmi fac loc printre ele și să mă ridic în picioare. Simțeam că sub picioarele mele nu e pământ ci piatră iar de jur împrejur puteam vedea doar stânci, însă nu înalte ci la 2-3 metrii înălțime. Am ajuns la marginea zidului natural de piatră și m-am ridicat să privesc ce se afla dincolo de el. O creastă înaltă și subțire ca o săgeată care se înălța cu mai bine de 100 de metrii, iar în vârful ei eram eu pe o platformă plină cu crengi și iarbă uscată, de forma unui con pus cu vârful în jos. În partea de răsărit pentru că abia acum soarele începea să se ridice, o margine a stâncii era un pic ieșită din perete ca și cum ar fi fost o umbrelă imensă. Din punct de vedere strategic, locul era ideal pentru a fi ferit de orice atac, poate doar pe calea aerului să poți ataca un astfel de loc. M-am aplecat să văd poteca care urca spre vârf, însă nu am găsit-o. Cumva însă ajunsesem aici. Atunci pentru prima dată mă trecură fiori. Unde era fiara care mă cărase și mă urcase aici? M-am lipit cu spatele de stâncă, căutând cu privirea tot ce era în apropiere. Undeva în partea opusă a mea, printre crengile rupte, am zărit o siluietă lungită la pământ. O fracțiune de secundă am crezut că e monstrul și inima mea parcă se opri din a bate, apoi mi-am dat seama că era trupul Iolandei. Oare cum ajunse ea aici? O fi fost și ea cărată așa cum am fost și eu? M-am apropiat de ea. Am atins-o ușor și ea se trezi, deschise ochii și privindu-mă tresării. Se ridică într-o fracțiune de secundă în picioare, se lipi de zid și strigă:

- Nu te atinge de mine!

- Eu sunt, am spus eu, trăgându-mă înapoi din calea ei. Sunt eu Bogdan.

- Bogdan? Tu?

Se apopie de mine, m-ă atinse cu mâna pe față.

- Ce ai pățit la fată? De ce ești lovit? mă întrebă ea.

Până atunci nu simțisem nimic în neregulă. Acum, când am auzit cuvintele ei am pus mâna pe fața mea. Eram umflat și parcă aveam o crustă tare pe obraji. Imediat mi-am amintit cum am fost cărat prin pădure tras de picioare cu fața în jos. Nu era de mirare că Iolanda se speriase așa tare de mine. Probabil sângele se închegase pe fața mea și arătam înspăimântător. Însă unde era dihania care mă cărase aici și cum de era și Iolanda tot aici.

- Țin minte că atunci când am fost răpit, tu încă mai erai în tabără. Cum ai ajuns aici? am întrebat-o eu.

- Am auzit cu toții strigătele tale de ajutor și am pornit după tine în pădure. Au adus torțe și lanterne și încercam să te găsim, strigându-ți numele. Eram aproape să ne întoarcem la tabăra când am vazut parca ceva miscându-se lângă rădăcinile unui copac și ... nu îmi mai aduc aminte nimic. M-am trezit aici.

- Și nu ai văzut creatura care ne-a adus aici?

- Creatura? Nu!

- Poate că e mai bine. Crede-mă nu e ceva care ai dori să vezi.

- Tu ai văzut cine ne-a adus aici?

- Am văzut și m-am zbătut din răsputeri să fug din brațele lui, însă într-un târziu puterile m-au lăsat și am leșinat.

- Hai să fugim. Nu e nimeni aici. Putem să mergem din nou în tabără și acolo vom fi în siguranță.

- Privește împrejurimile! Pe unde vrei să fugim?

Am luat-o de mână și i-am arătat unde ne aflam.

Căutam cu privirile orice scară sau loc care să ne ajute să coborâm din vârful stâncii. Totul părea drept și nici o ieșire nu părea posibilă.

Undeva la mijlocul crestei parcă am întrezărit un chip.

- Privește acolo!, i-am spus Iolandei. Nu ți se pare ca e un chip de om acolo?, însă nu am așteptat să îmi răspundă ca am și strigat. Ajutor! Suntem aici! Ajutor!

Da, nu mă înșelasem chiar se vedea un chip acolo. Părea că se uită la noi, însă nu ne aude. Şi dintr-o dată iluzia noastră că vom fi deja salvați se spulbera. Chipul pe care îl văzusem noi se mișcă și nu doar atât, ci o luă în sus pe stâncă. Da, probabil ați ghicit și voi era chiar monstrul care ne răpise. Se cățăra precum o pisică pe stânci apucându-se cu brațele și picioarele de micile crăpături din stâncă și înainta spre noi. Ceea ce pentru noi părea imposibil această creatură care părea acum la lumina zilei mai umană decât în noaptea trecută, părea o joacă să urce panta dreaptă a crestei muntelui. Când mai avea câțiva metrii până la noi, am fugit în partea celaltă a cuibului și îngroziți am așteptat ca monstrul să apară. La început un braț, apoi capul și apoi cu o săritură se aruncă direct în mijlocul cuibului.

Nu se misca. Stătea într-o poziție ghemuită ca și cum ar fi fost gata gata să sară la noi, însă doar ochii păreau să trădeze această nemișcare. Probabil ne măsura din cap până în picioare și se gândea dacă să ne atace sau nu. Sau poate îi era frică să nu îl atacăm noi pe el. Era înfiorător cum stătea acolo privindu-ne şi nefăcând nici un gest. Avea probabil în jur de doi metrii, cu un corp mai mult slab decât normal, braţele îi erau lungi şi unghile de la mâini erau înegrite ca la o fiară. Corpul îi era aproape tot acoperit cu păr, chiar dacă se asemăna cu un om în nici un caz nu îl vedeam aşa. Mai degrabă puteam să îl asemănăm cu o maimuţă, însă faţa, chipul lui era uman. O amestecătură dintre maimuţă şi om stătea în faţa noastră la trei, patru metrii de noi privindu-ne şi cercetându-ne. Iolanda se băgase în mine şi tremura toată. Şi eu eram îngrozitor de speriat, însă încercam să mă controlez şi să nu încep să plâng.

- Ce vrei de la noi? am strigat eu îngrozit către creatura care stătea nemişcată şi se uita la noi.

- Da, ce vrei, lasă-ne în pace!!!

Pentru o clipă parcă creatura îşi schimbă înfăţişarea părând un pic mirată şi îşi apleacă capul într-o parte, privindu-ne cu insistenţă. Apoi într-o fracţiune de secundă sări dincolo de zid şi dispăru.

Am alergat la zid şi am privit în jos cum cobora aidoma unui păianjen pe perete.

- Ăsta o să ne omoare! spuse Iolanda începând să plângă.

- Nu o să ne omoare! nu o să îl lăsăm. O să fac tot posibilul să nu îl las să te atingă. Uită-te la mine. Nu o să păţim nimic. Am spus eu serios şi plin de încredere.

Pe cât de încrezător eram pe atât de speriat eram în realitate. Nu întâlnisem niciodată un astfel de om sau ce o fi fost. Auzisem şi eu ca şi Iolanda poveştile de la focul de tabără însă nu am fi crezut că aşa ceva există cu adevărat. Şi nici prin cap nu ne-a trecut vreodată că o să întâlnim o aşa creatură. Nici nu apucasem să ne dezmeticim bine, că monstrul îşi făcu din nou apariţia. De data asta însă aduse cu el o bucată de carne crudă. Parea un muschi de la pulpa unui animal. Îl ţinea în mână şi muşcând din el îl arunca apoi spre noi.

- Cred că vrea să mâncăm şi noi, spuse Iolanda.

- Nu vrem aşa ceva! am strigat eu la el.

Un răgnet din partea lui fu îndeajuns ca să muşc imediat din bucată de carne crudă. I-am dat şi Iolandei care lua şi ea o bucăţică. Părea ca guma de mestecat la gust, adică tot o mestecam în gură şi nu se mai rupea. Am înghiţit aşa pe jumătate mestecată şi tot stomacul parcă mi se întorcea pe dos. Creatura se aşeză în fund lângă noi şi ne privea. Nu scotea nici un sunet şi nu se mişca mai deloc. Doar privirea ageră ne studia din cap până-n picioare. Muşcam cu greu din bucată de carne, însă şi mai greu era atunci când o înghiţeam.

Am trecut prin momente înfricoşătoare atunci, ne era frică să ne mişcăm parcă ne era frică şi să respirăm. Iar creatura nu făcea altceva decât să stea nemișcată şi să ne privească. După un timp probabil plictisită de noi se întoarse şi sări parcă ar fi sărit în gol dincolo de peretele de piatră.

- A plecat ? O mai vezi acolo? întrebă înspăimântată încă Iolanda.

Spaima încă mai era în sufletele noastre chiar dacă dihania nu mai era prezentă acolo. Am petrecut încă zeci de minute ghemuiţi unul în altul cu speranţa ca monstrul să nu se mai întoarcă. Deodată pe unul din pereţii stâncii apăru Mititelul - uliul de la sit. Fluiera în felul lui specific şi sărind de pe o piatră pe alta se apropie de noi. Parcă speranţa apăru în sufletele noastre. Apoi cu un salt se ridică în văzduh şi făcu câteva cercuri în jurul nostru după care dispăru.

-//-

Nicu şi Nelu stăteau la baza stâncii, acolo unde văzuseră că Yeti urcase. De două zile urmăreau fiara însă părea prea rapidă pentru a o prinde fără echipament special.

- Crezi că îl putem prinde? întrebă Nicu.

- Întodeauna putem să sperăm, însă dacă vom reuşi nu se ştie. Hai să facem o cuşcă din lemne şi să pregătim capcana. Nu avem timp de pierdut.

Se puseră pe treabă. După ce tăiară câteva crengi groase şi construiră un pătrat din ele, începură să acopere şi cele cinci laturi cu crengi groase de mărimea unui braț. O latură de la cubul făcut, rămase liberă ca să fie ca o poartă de intrare. Nu peste mult timp cușca părea gata să își prindă prada însă rămânea un lucru încă greu de realizat. Cum vor reuși să aducă pe omul pădurii să intre în cușcă?

- Putem să o ridicăm deasupra pământului cu sforile pe care le avem și atunci când va fi sub ea să îl dăm drumul sau să folosim sistemul pentru prins porumbei. Acolo însă va fi nevoie de mare precizie când tragem bățul și cade cușca peste Yeti.

- Deasupra lui e destul de greu să o ridicăm fără scripete și nu știm cât timp avem până o să apară. Așa ca o să folosim sistemul de prins porumbei.

Amândouă sisteme funcționau cu animalele mici, însă cu un animal așa mare nimeni nu încercase. Cu mare grijă puseră frunze și ramuri subțiri printre bările cuștii ca să se camufleze perfect cu pădurea în care se aflau. Dacă nu ai fi știut de ea, ai fi crezut că e o tufă și nimic nu ar fi trădat că este făcută de om. Când totul fu gata, latura goală o așezară pe pământ și ridicară cușca într-o parte proptindu-i un lemn de susținere destul de subțire. Legară o sfoară de băt și se ascunseră în apropiere în scorbura unui copac cu celălalt capăt al sforii în mână.

- Du-te acum la ea și bagă-te în interior să văd dacă funcționează!, spuse Nelu.

- Păi putem încerca şi fără să mă duc eu în ea!, răspunse Nicu un pic speriat de gândul că o să fie închis acolo.

- Hei! se răsti Nelu la Nicu, ştii vorba lui Bogdan? Ordinul nu se discută, se execută! spuse el scurt încheind discuţia.

Nicu se ridică uşor din scorbura copacului şi se îndreptă direct spre cuşcă. Nu apucă să ajungă, că în faţa lui la doi paşi între el şi cuşcă apăru Yeti. Amândoi rămaseră surprinşi. Se priviră câteva secunde şi Nicu o rupse la fugă spre Nelu, care rămase stană de piatră în scorbura copacului. Yeti o luase şi el la fugă în sens opus, însă se înpiedică de un băț pus parcă aiurea în dreptul unei tufe şi se rostogoli. Parcă toată pădurea se prăbuşise peste el însă nu era decât cuşca făcută de băieți mai devreme. Yeti era prins.

Capitolul 8
Din nou liberi

Trebuia să găsim o cale de scăpare. Nu se mai putea sta în condițiile astea. Însă ştiam că orice încercare de scăpare dacă devenea nereuşită putea să ne coste viața.

- Crezi că putem să coborâm de aici? întrebă Iolanda aşezată sus pe creastă şi uitându-se în jos.

- Nimic nu e inposibil. Dacă bestia poate să urce şi să coboare după bunul ei plac noi de ce nu am reuşi măcar o singură dată să coborâm?

- Da! Nu m-am gândit la asta însă tot nu văd cum am putea să ne prindem de stânci. Totul pare atât de drept.

- Dacă te uiți bine, vezi că sunt mici orificii şi crăpături în stâncă. Cu siguranța or să ne ajute ca să putem coborî. Însă dacă vrei tu, pot să cobor doar eu, anunț oamenii şi venim şi te luăm şi pe tine de aici.

- Nu, nici moartă nu aş rămâne aici singură. Tu nu vezi că oricând ne poate omorî?

Am stâns-o de mână. Trebuia să îi ridic moralul ca să reuşim să coborâm creasta abruptă. Nu mai făcusem niciodată o escaladare atât de periculoasă, sau mai bine zis în afară de câţiva metrii de pământ nu urcasem niciodată pe o stâncă. Ştiam că orice pas făcut greşit putea să devină ultimul.

- Eşti pregătită?

- Acum? Vrei să plecăm acum?

- Orice moment în plus aici poate să ne coste viaţa. Oare nu crezi că e mai bine să încercăm să scăpăm decât să regretăm că nu am plecat?

- Ba da! Eu sunt gata.

Am scos capul la marginea prăpastiei să mă asigur că Yeti nu este acolo, apoi am urcat pe marginea crestei proptindu-mi piciorul de o mică stâncă. Nu am apucat nici doi paşi să fac că deja simţeam că mă ia ameţeala.

- Nu te mai uita în jos!, am auzit de deasupra mea pe Iolanda care şi ea făcuse primii paşi pe stâncă.

Cuprins de frică şi trecându-mi toţi fiorii prin corp am mai coborât încă câţiva paşi. De sus când noi am privit stânca, părea dreaptă şi netedă ca un ciob de sticlă, însă când coborai, găseai la tot pasul câteva crăpături sau mici stânci pe care puteai să te ții și să te caţeri. Dacă aş mai fi pus încă o dată să fac acelaşi traseu probabil că aş fi renunţat din primul moment, însă acum când frica era mai mare decât curajul nu puteam decât să sper că o să ajungem jos cu bine.

Uşor, uşor, pas după pas coboram anevoioasa stâncă. Iolanda mă urma îndeaproape, însă simţeam cum tremura toată. Braţele deveneau mai grele, corpul obosise, iar fiecare pas părea o povară. Ne-am oprit undeva pe la mijlocul stâncii, unde găsisem o mică nişă în piatră.

- Ce a fost greu a trecut! am spus eu mai cu jumate de gură.

- Vom reuşi cu bine! Dacă te gândeşti că nu mai e mult până jos şi partea grea a trecut atunci în câteva minute o să ajungem jos.

Însă socoteala de acasă nu se potriveşte cu ceea din târg. Pentru că pentru ultima parte a coborârii am făcut mai bine de o oră. Coborâre însă e puţin spus iar braţele ne dureau îngrozitor de la forţa cu care trebuia să ne ţinem echilibrul pe stâncă. Pe ultimii metrii, muschii de la picioare începură să ne tremure aşa rău că abia mai puteam să ne ţinem echilibrul pe stâncă. Spre surpinderea mea, amândoi am ajus cu bine la baza stâncii. Sincer nu credeam că acest lucru era posibil însă frica de moarte ne dădu forţe de neimaginat. Am căzut rupţi de oboseală pe mușchii de pădure moi şi părea ca şi cum am fi ajuns în cel mai pufos pat existent. Dacă frica de monstru nu ne-ar fi stat întipărită în memorie cred că acolo am fi adormit amândoi însă nu puteam zăbovi prea mult aşa că după câteva clipe ne-am ridicat şi am luat-o la fugă spre pădure. Am intrat în pădure cu cea mai mare viteză posibilă iar peste câţiva paşi...

- Staiiiiiiiii ! se auzi o voce groasă din spatele nostru.

Era voce umană şi parcă cunoscută. Ne-am oprit uitându-ne în stânga şi în dreapta. Din scorbura unui copac apărură în câteva clipe, spre surprinderea noastră Nicu şi Nelu, vecinii noştri de bloc. Nicu, cel care fusese exclus din trib se afla în faţa mea chiar acum.

- Voi? Ce faceţi voi aici? am întrebat eu.

- Cum aţi ajuns aici? întrebă şi Iolanda.

- O să vă explicăm imediat, însă acum avem ceva mai important să vă spunem.

- Aşa e, mult mai important!, se băgă şi Nicu în vorbă.

- Trebuie să fugim imediat de aici! Veniţi cu noi dacă nu vreţi să fiţi mâncaţi de vii de un monstru!, am spus eu trăgându-l de mână pe Nelu.

- Monstru spui? Eu cred că e doar un mic monstruleţ închis într-o cuşcă. Şi Nicu ne arătă cuşca aflată la câţiva paşi de noi.

Ne-am apropiat toţi patru de cuşcă uşor. Înăuntru Yeti stătea cuibărit într-un colţ tremurând. Pesemne că la o aşa surpriză nu se aşteptase. Era mult mai speriat decât eram noi.

- Ce facem cu el acum? am întrebat eu văzându-l aşa speriat şi inofensiv.

- Îl ducem în sat şi să aibe ei grijă de cojocul său, spuse Nelu.

- Cu siguranţă o să îl ducă la grădina zoologică! spuse Iolanda.

- Totuşi nu e o fiară! Pare mai degrabă un om. Cel puţin dacă ar fi tuns şi îmbrăcat ar părea un pic mai uman, spuse Nicu.

- Ce vezi tu uman la ăsta?, spuse Nelu. Trebuie să îl tăiem şi să vedem dacă are ceva uman în el.

M-am apropiat mai mult de cuşcă şi Yeti mă văzu. Parcă ochii i se luminară. Faţa părea mai relaxată şi întinse un braţ spre mine ca şi cum ar fi vrut să îl salvez.

M-am retras şi el observă asta şi lăsă mâna în jos la fel şi ochii îi lăsă în pământ. Atunci pentru prima dată, mi-am dat seama de ce ne luase el acolo sus. Îşi dorea să nu mai fie singur să aibe şi el pe cineva cu el. Ne adusese mâncare şi pentru nici un moment el nu ne voise rău. Iar noi acum...

Ochii lui Yeti se umezirā şi lacrimi mari şi rotunde începură să i se prelingă pe faţă.

- Trebuie să îi dăm drumul, am spus eu.

- Ceeee? întrebară toţi trei în cor.

- Da ! Trebuie să îl lăsăm aici unde e casa lui! Aici e locul unde a trăit şi unde poate trăi. Nu e un monstru nu e nici un om care să poată trăi în oraş. Iar noi nu suntem Dumnezeu să facem ce vrem noi cu fiinţele naturii.

- Abia am reuşit să îl prindem! Crezi că dacă îi dăm drumul îl mai putem prinde vreodată? întrebă Nelu.

- Locul lui nu e în cuşcă închis la grădina zoologică şi nu cred că unul din voi ar vrea să îl vadă acolo. Nu vreau să fac rău nimănui, însă chiar dacă va trebui să mă lupt cu voi eu o să fac tot posibilul să îl salvez.

- Bogdane, monstrul ăsta ne-a urcat acolo sus pe stânci şi probabil vroia să ne mânânce! spuse Iolanda.

Momentele care au urmat au fost destul de înverşunate şi am încercat să le explic că nu a vrut decât să nu mai fie singur.

Îl priveam cu toţii cum stătea ghemuit în cuşcă lipsit de apărare şi trist.

Până la urmă am căzut de acord ca să îl

eliberăm, însă cum puteam să facem asta fără ca el să nu devină violent cu noi când va ieşi.

M-am apropiat de cuşcă şi i-am întins mâna. La început nici nu a vrut să mă privească apoi s-a apropiat de mine şi ne-am atins degetele. Cu siguranţă cu toţii au înţeles că nu or să fie probleme când o să îl eliberăm.

Ne-am apropiat cu toţii de cuşcă şi am ridicat-o. Yeti ieşi uşor şi se depărtă de noi. Întoarse capul când ajunse la vreo zece metrii de noi şi întinse mâna spre noi. Parcă ne spunea să îl urmăm sau să nu îl lăsăm singur, însă lăsă mâna în jos şi cu o mişcare iute dispăru în pădure.

Am rămas cu toţi pe gânduri şi nemişcaţi. Am fi dorit să îl urmăm, însă locul nostru nu era acolo la fel cum locul lui nu era lângă noi.

- Ce o să spunem în tabără? Unde am lipsit noaptea trecută? întrebă Iolanda.

- O să spunem că am fost răpiţi de un urs. Ne-a luat şi ne-a băgat în bârlog, iar Nicu şi Nelu ne-au salvat din ghiarele lui.

- Eu am reuşit să mă lupt cu el şi l-am pus pe fugă! spuse Nicu.

- În timp ce Nelu ne ajuta să ieşim din bârlog! E foarte bine şi cu siguranţă o să fim crezuţi.

Ne-am întors în tabără şi cu toţii au fost

bucuroşi să ne vadă teferi şi nevătămaţi. Le-am povestit întâmplarea cu ursul şi parcă nimănui nu îi venea să creadă ce le auzeau urechile, însă probabil nici dacă le-am fi povestit adevărul aşa cum a fost tot ficţiune ar fi părut.

Următoarele zile se făcură multe glume cum că ursul ăla avea coadă sau că poate era în hibernare când am scăpat noi de acolo, însă cu toate că nimeni nu ne credea cu adevărat noi am ţinut-o una şi bună.

Peste două săptămâni când am plecat din tabară şi ne-am întors în satul de la poalele muntelui, să luăm trenul, am auzit o discuţie interesantă între două femei care stăteau şi ele pe peron. O discuţie puţin bizară.

- Nici nu îmi pot închipui cum copiii Mariei au putut să se piardă în pădure.

- Erau aşa drăgălaşi amândoi. Poate totuşi o să îi găsească, însă au trecut 6 zile şi dacă până acum nu au apărut cu siguranţă fiarele sălbatice i-au găsit înaintea căutătorilor.

M-am uitat la Iolanda care auzise şi ea cuvintele. Am luat-o de mână şi ne-am urcat în tren. Doar noi doi ştiam prin ce vor trece sărmanii copilaşi, însă ştiam că Yeti nu le va face nimic rău.

-//-

În pat amândoi copiii adormiseră.

72

M-am apropiat de ei şi i-am învelit.

Cu siguranţă nu au apucat să asculte întreaga poveste, însă dacă atunci nu au reuşit să afle cum s-a terminat totul, cu siguranţă or să poată citii din cartea de faţă întâmplarea întocmai aşa cum s-a întâmplat.

Iar dacă ar mai fi reuşit să stea treji, le-aş fi povestit cum am furat, cum am tradus harta de la bunicul lui Toni şi cum am plecat în mijlocul Oceanului Atlantic, în căutarea comorii. Însă or să citească ei toate astea în următoarea mea carte.

Sfârşit

Tiparul executat NORATIP

www.ingramcontent.com/pod-product-compliance
Lightning Source LLC
Chambersburg PA
CBHW060047150626
46556CB00018BA/3140